jeunesse

Parc Saint-Joseph - BP 3522 - 12035 Rodez cédex 9

Tél. : 05 65 77 73 70 - Fax : 05 65 77 73 71 - www.lerouergue.com

Les petits bonshommes sur le carreau

Isabelle Simon & Olivier Douzou

EDITIONS DU ROUERGUE

Un enfant regarde par la fenêtre

dans la rue

la nuit

Dans la buée de la fenêtre
du côté où il fait chaud,
il y a un petit bonhomme.
Un petit bonhomme sur le carreau.

Côté recto

Ce n'est qu'un petit bonhomme
dessiné du bout du doigt,
il a des yeux mais il ne voit pas.

De l'autre côté de la fenêtre,
du côté où il fait froid,
il y a des tas de petits bonshommes,
des petits bonshommes sur le carreau
sur la paille et dans la misère,

CÔTÉ VERSO.

Ce n'est qu'un petit bonhomme, dans la buée
sur le carreau,
il a une bouche mais ne parle pas.

De l'autre côté de la fenêtre,
du côté où il fait froid,
les petits bonshommes sur le carreau
ouvrent la bouche quand il faut parler,
mais il en sort de la fumée.
Il fait si froid de ce côté-là,

CÔTÉ VERSO

Ce n'est qu'un petit bonhomme
dessiné du bout du doigt,
il sourit jusqu'à ses oreilles,
mais il n'entend pas.

De l'autre côté de la fenêtre, du côté où il fait froid,
les petits bonshommes murmurent
ils parlent devant les murs qui n'ont pas d'oreilles,
devant le soupirail
et écoutent les bouches d'égouts qui restent muettes.

Ce n'est qu'un petit
bonhomme, dans la
buée sur le carreau,
il lève les bras,
il est heureux,
mais il ne le sait pas.

De l'autre côté de la
fenêtre, du côté où il fait
froid,
les petits bonshommes
qui sont sur le carreau
baissent leurs bras
se cachent la face et
tournent le dos,
c'est le revers,
c'est la misère,
c'est **LE CÔTÉ VERSO**

Ce n'est qu'un petit bonhomme
dessiné du bout du doigt,
il a une tête,
mais il ne le sait pas.

De l'autre côté de la fenêtre,

CÔTÉ VERSO

vivent les petits bonshommes,

dans la rue qui n'est pas un bon endroit,

mais c'est leur unique berceau

du côté où il fait froid.

Un petit bonhomme à la fenêtre
né sous une bonne étoile, d'une trace de doigt
dans la buée sur le carreau.
Il a de la chance mais il ne le sait pas.

De l’autre côté de la fenêtre, du côté où il fait froid,

il y a des tas de petits bonshommes

qui s’endorment et qui rêvent

à la belle étoile, entre les poubelles,

sur le carreau.

Orchestral
Paris

Un tout petit bonhomme
dessiné du bout du doigt dans la buée sur la fenêtre, côté recto
qui a une tête, des oreilles, une bouche, des yeux et des bras.
Il a même un cœur, mais il ne le sait pas.

De l'autre côté de la fenêtre,
du côté où il ne fait pas chaud
il y a des tas de petits bonshommes,
qui vivent par terre
pétrifiés par le froid,
jusqu'au bout des doigts.

Ce n'est qu'un petit bonhomme dessiné
du bout du doigt,
sur le carreau, côté recto
mais il sera du côté où il fait froid,
CÔTÉ VERSO
dès que l'on tirera le rideau.

Et il ne le sait pas.

r i d e a u

Personnages et mises en scène : Isabelle Simon
Histoire, texte et conception graphique : Olivier Douzou
Photos : Stéphane D'Houwt et Isabelle Simon

Achevé d'imprimer en août 1998
sur les presses de Proost-Turrnhout (Belgique)
Dépôt légal : septembre 1998
ISBN : 2 84156 103 8
« Loi n° 49-956 du 16 juillet 1949 sur les publications destinées à la jeunesse »